ALFRED RUFFIN

PREMIERS REGARDS

POÉSIES

PARIS
ALPHONSE LEMERRE, ÉDITEUR
PASSAGE CHOISEUL, 47

M.D.CCC.LXVIII

PREMIERS REGARDS

ALFRED RUFFIN

PREMIERS REGARDS

POÉSIES

PARIS
ALPHONSE LEMERRE, ÉDITEUR
PASSAGE CHOISEUL, 47

M.D.CCC.LXVIII

MISÈRE HUMAINE.

Au Docteur A. Sédillot.

L'homme, devenu fou dans son orgueil immense,
Dit aujourd'hui : « Pourquoi ces autels qu'on encense ?
Bannissons la sottise avec la vieille foi !
Aux cieux dont, faible enfant, je craignais la colère,
Mon bras viril a su dérober le tonnerre ;
Le dieu de l'univers, c'est moi ! »

Homme, j'aime à te voir exalter ton génie;
Mais s'il a tant créé, si ton œuvre est finie,
Pose là tes marteaux : le repos t'est permis.
Pourquoi toujours courir à des fatigues vaines?
Tu veux grandir encore! Ah! pour prix de tes peines,
Vois quel avenir t'est promis :

Un jour, grâce à ta main qui jamais ne se lasse,
La terre jettera tant de bruit dans l'espace
Que les soleils lointains qui roulent dans les cieux
Peut-être se diront : « Quel moucheron bourdonne?»
Et, calmes, poursuivront leur course monotone
Sans rien daigner chercher des yeux.

Tu t'indignes! Eh quoi! nourris-tu l'espérance
Qu'il doive enfin sonner une heure où ta puissance
Arrachera la flamme à ces sources du jour?
Et que, si loin qu'il soit, jaloux de te connaître,
Chaque astre flamboyant viendra, comme au seul maître,
Te payer tribut à son tour?

Avant que d'un soleil ta voix se fasse entendre,
La terre pourra bien n'être plus qu'une cendre...
Mais, que le temps propice exauce tous tes vœux!
Alors même qu'un char attelé de comètes
T'emporterait, foulant pour sable des planètes,
Dis-moi, serais-tu plus heureux?

Vanterais-tu toujours ta science féconde,
Lorsque assis sur ton trône, aux limites du monde,
Tu toucherais du doigt l'ennui, terme de tout,
Et que ton cœur, brûlé d'une soif éternelle,
Voulant de la matière épuiser la mamelle,
N'y sucerait que le dégoût?

L'homme, comme un coursier tournant dans un manége,
S'agite sous le fouet de l'ennui qui l'assiége!
Sans avancer, il doit et courir et suer.
Trop heureux de pouvoir travailler sans relâche!
S'il parvenait un jour à terminer sa tâche,
Le repos le viendrait tuer!

Le bonheur ne naît point de la forge qui fume :
Montés sur des dragons sortis de notre enclume,
Nous courons vainement le surprendre en tout lieu;
Il nous échappe ainsi qu'une flamme subtile;
Le monde n'est point fait pour lui donner asile :
Il n'habite qu'au sein de Dieu.

Dieu! voilà le seul but que nous devons poursuivre.
Lui seul il tient la coupe où notre âme s'enivre,
Mais que ne peut toucher un bras matériel.
Bien fous ceux qui voudraient, au-dessus des nuages,
D'une tour de Babel entasser les étages!
Ils n'atteindront jamais le ciel.

En vain notre science a dompté la matière,
Dieu dans sa main tient l'homme et la nature entière.
Comme il créa le monde il le veut gouverner;
Et voyant notre orgueil lui déclarer la guerre,
Il rit de ce géant qui croit trouver sur terre
Des armes pour le détrôner.

LE BOIS DE LA CASCADE.

Jeunes amants, pour vous cacher,
N'entrez point dans ce bois ténébreux et perfide
Où l'onde, en bondissant du sommet d'un rocher,
Sur l'herbe fait voler une poussière humide
Que nul rayon ne vient sécher.

Là règne une éternelle nuit.
Sous l'ombrage de deuil de ces rameaux énormes,
Le voyageur perdu, tremblant au moindre bruit,
Croit s'entendre appeler par des monstres difformes
Dont l'essaim ricanant le suit.

Parfois ce bois mystérieux
Mugit, lorsque des monts s'élancent les tempêtes;
Mais en vain sont battus les arbres furieux :
Jamais dans le brouillard où s'agitent leurs têtes
On n'entrevoit l'azur des cieux.

O vous qui chérissez les fleurs,
En ces lieux le printemps tient sa corbeille vide,
La rose dans la brume y perdrait ses couleurs.
C'est là qu'on voit trôner le champignon livide
Sous les sapins toujours en pleurs.

Là gisent de vieux troncs pourris
Où l'insecte aux cent pieds sous l'écorce fourmille;
Là rampent les serpents d'affreux poisons nourris,
Et dans l'ombre, allaitant sa sauvage famille,
Se cache la louve au poil gris.

Ces pics, repaire des vautours,
Et ces rocs décharnés, muets comme des tombes,
Aux accents du plaisir veulent demeurer sourds.
Plus loin, dans les bosquets où s'aiment les colombes,
Jeunes gens, portez vos amours!

JARDINS ANGLAIS.

Que l'homme, pour orner des palais magnifiques,
Mêle le jaspe et l'or au marbre de Paros!
Qu'il fasse resplendir sous de nobles portiques
La figure des Dieux, le buste des héros!

Qu'il pousse dans les airs de triples rangs d'arcades!
Qu'il anime les eaux de monstres de métal!
Qu'il couronne de fleurs ces riches balustrades
Où le vase orgueilleux trouve son piédestal!

Mais qu'il ne veuille point, par un sot artifice,
En torturant le sol, gâter impudemment
Tout ce qu'à nos forêts, en son libre caprice,
La Nature a donné de sublime ornement!

Qu'il n'improvise donc ni lacs ni monticules,
Ni rochers effrayants de quatre pieds de haut,
Et qu'il n'enterre pas sous des ponts ridicules
Quelque fossé bourbeux qu'on peut franchir d'un saut!

Car, si de passions animant la matière,
Lui seul rend à son gré les marbres palpitants,
Et s'il peut seul charger la colonnade altière
D'un fronton où les Dieux combattent les Titans;

S'il est le seul amant que souffre la Sculpture;
Si le pinceau ne veut obéir qu'à sa main;
Si le dôme sacré, fils de l'Architecture,
Ne s'arrondit jamais que par un ordre humain,

La Nature, à son tour, peut seule des campagnes
Faire un tableau parlant à l'âme comme aux yeux.
Elle seule a taillé les flancs de ces montagnes
Qui portent maintenant leurs neiges dans les cieux.

Ah! seule laissez-la faire courir les ondes
Parmi les rocs moussus, les fleurs et les gazons,
Inonder de soleil et les plaines fécondes,
Et la route poudreuse, et les bleus horizons!

Laissez-la balancer les pins sur la colline,
Emplir les bois charmants de parfums, de concerts,
Soutenir d'un bouleau la roche qui s'incline
Et dorer les genêts au milieu des déserts!

Qu'elle garde toujours, entre les monts superbes,
De ces vallons cachés sous d'antiques rameaux
Où la feuille, tombant de l'arbre dans les herbes,
S'amasse au pied du tronc sans craindre les râteaux!

Là, jamais du dandy, par un chemin trop rude,
N'ose s'aventurer le fragile escarpin.
Mais l'homme dont le cœur cherche la solitude
Aime l'âpre sentier que borde l'aubépin.

Il aime à s'égarer, marchant à l'aventure,
Dans des bois où nul pied n'est marqué sur le sol.
Personne ne le suit! Sous cette voûte obscure
Il entend pour lui seul chanter le rossignol!

Il n'aperçoit personne, et partout il admire!
Ici roule un torrent dont l'écume éblouit;
Là saute un écureuil, et là, pour lui sourire,
Au milieu du chemin la fleur s'épanouit!

O riches, quittez donc ces jardins, votre ouvrage,
Ces gazons bien tondus où l'on n'ose s'asseoir,
Et ne demandez plus vainement un ombrage
A des arbres mourants malgré votre arrosoir !

Mais, sans crainte, courant au-dessus des abîmes,
Entre les noirs sapins et les blocs de granit,
Élevez-vous parfois aux régions sublimes
Où la foudre se forme, où l'aigle fait son nid.

Et là, restez ! planant sur l'immense étendue.
Laissez longtemps errer vos regards incertains
De la sombre forêt sous vos pieds suspendue
Au grand fleuve qui rampe autour des monts lointains !

Ce tableau, ce n'est point l'homme dans sa misère
Qui le créa voulant charmer ses propres yeux ;
Et le travail n'a point d'une sueur amère
Payé l'enchantement qu'on éprouve en ces lieux !

Non! Dieu seul a jeté de sa main paternelle,
Sur le désert profond, ces trésors de beauté,
Pour que nos cœurs, sachant sa puissance éternelle,
Connussent l'espérance en voyant sa bonté!

Pour que, dans le transport de notre âme ravie,
Comprenant que le ciel a pour nous un regard,
Nous pussions saluer dès cette pauvre vie
L'aurore d'un bonheur qui nous attend plus tard!

Et c'est ce doux rayon de la bonté suprême
Que ne reflètent pas les œuvres des humains.
O splendide Nature, en toi c'est Dieu que j'aime!
Garde, garde toujours l'empreinte de ses mains!

LES ARCHANGES.

C'est nous que dans le ciel on nomme les Archanges,
Tous dans la gloire unis d'un amour fraternel !
C'est nous qu'on voit briller en tête des phalanges
Que le Seigneur plaça pour chanter ses louanges
Autour de son trône étenel !

Nos corps ont tant d'éclat, une forme si belle,
Qu'Ève offrit moins d'attraits à l'Éden enchanté.
Toujours pour servir Dieu pleins d'une ardeur nouvelle
Nous contemplons, craintifs, son visage, et notre aile
Sait entendre sa volonté!

Le paon dédaignerait sa plume diaprée
S'il nous voyait étendre en un rapide essor
Celle qui nous soutient sur la route éthérée,
Quand nous partons, voilant d'une écharpe azurée
Nos cuirasses d'écailles d'or.

La couleur de la rose empourpre les nuages
Quand notre bataillon s'arrête au-dessus d'eux;
Et, vrai miroir cherchant nos brûlantes images,
Le soleil, quand il peut refléter nos visages,
Étincelle de plus de feux!

Anges guerriers d'aspect terrible et magnifique,
Les trompettes au loin nous annoncent dans l'air;
Dans notre blanche main se balance une pique,
Et nous cachons au sein du fourreau pacifique,
Au lieu d'une lame, un éclair.

Et notre bras est fier de la grande victoire
Qu'il remporta pour Dieu sur l'ange révolté.
Ce Lucifer jadis nous surpassait en gloire!
Mais l'infâme a perdu, tombant dans la nuit noire,
Son éclat, qui nous est resté.

En vain ses bataillons se pressaient intrépides,
Luttant autour du chef qu'ils avaient cru si fort;
Ils se virent domptés par nos lances rapides
Sans avoir pu saisir sur nos faces candides
La trace d'un pénible effort.

Car jamais jusqu'à nous ne monte la tristesse,
Notre œil est d'un azur que rien ne doit ternir,
Et le maître que sert notre main vengeresse
A sa troupe fidèle a donné la promesse
D'un bonheur qui ne peut finir.

C'est nous que dans le ciel on nomme les Archanges,
Tous dans la gloire unis d'un amour fraternel !
C'est nous qu'on voit briller en tête des phalanges
Que le Seigneur plaça pour chanter ses louanges
Autour de son trône éternel !

LE SIRE DE MONTBURY.

Ce cavalier au fier panache
Qui fait sonner ses éperons,
Avec orgueil, jeunes tendrons,
Peut bien relever sa moustache!

Le bon Dieu n'a jamais pétri
Telle pâte de gentilhomme.
Ah! vraiment, c'est un superbe homme
Que le sire de Montbury!

Confiant dans son encolure,
Il n'a point de timidité;
Et pour séduire une beauté
Il crache fort, tempête et jure:
De toutes les femmes chéri,
Il n'a qu'à leur jeter la pomme.
Ah! vraiment, c'est un superbe homme
Que le sire de Montbury!

Avec les seuls nobles il croise
Le fer qui lui bat le mollet;
Mais qu'un manant ou qu'un valet
S'avise de lui chercher noise!

A tous les combats aguerri,
D'un coup de poing il vous l'assomme.
Ah! vraiment, c'est un superbe homme
Que le sire de Montbury!

Il aime à passer dans un bouge
Toute la nuit, jouant aux dés;
Et les verres qu'il a vidés
Ont rendu son nez un peu rouge.
Mais à visage bien nourri
Sied un nez fleuri de rogomme.
Ah! vraiment, c'est un superbe homme
Que le sire de Montbury!

Parfois, dans de nocturnes courses,
Lorsqu'il est à ses derniers sous,
Il se mêle avec des filous
Et demande aux passants leurs bourses.

Bah! le riche est-il appauvri
Pour l'aider d'une faible somme?
Ah! vraiment, c'est un superbe homme
Que le sire de Montbury!

Par ses fredaines, de son père
Il avança, dit-on, les jours;
Mais, en dépit de ses bons tours,
Toujours l'aima sa pauvre mère.
Quand elle est morte, il en a ri,
Disant : « Qu'elle dorme un bon somme! »
Ah! vraiment, c'est un superbe homme
Que le sire de Montbury!

Désirant, sans se faire pendre,
Se délivrer de maint ami,
Pendant la Saint-Barthélemy
Il trouva moyen de s'y prendre...

Tous les importuns ont péri!
Et comme un brave on le renomme.
Ah! vraiment, c'est un superbe homme
Que le sire de Montbury!

Parmi les femmes, bonnes âmes!
De sa mort beaucoup gémiront;
Au saint père elles enverront
De quoi le racheter des flammes.
Puisse donc le Diable attendri
Ne point le disputer à Rome!
Car, vraiment, c'est un superbe homme
Que le sire de Montbury!

ESPÉRANCE.

J'ai vu l'onde en courant mettre à nu les racines
Des sapins ténébreux penchés sur les torrents;
J'ai vu sur le front blanc des falaises marines
S'inscrire en noirs sillons le passage du temps.

Et, contemplant d'un mont d'où s'enfuyait la brume
Les granits arrachés comme de tendres fleurs,
Je me suis écrié, le cœur plein d'amertume :
« O sublime géant, toi donc aussi tu meurs! »

Mais j'ai levé les yeux plus haut que la montagne,
Vers cet azur sans fond d'où les trésors du jour
S'épandaient à grands flots pour dorer la campagne,
Et j'ai dit, renaissant à l'espoir, à l'amour :

« Il ne meurt point celui qui de sa créature
Fait ainsi vibrer l'âme au lever du soleil,
Le Dieu puissant et bon que bénit la nature
Sur les coteaux rougis par le matin vermeil!

« Les célestes hauteurs, siége de son empire,
De la destruction ne craignent pas les coups;
Et la source du beau que sur terre j'admire
Dans son sein immortel échappe au temps jaloux.

« Pourquoi donc m'attrister lorsque je vois descendre
Sur la pente des monts les rocs de leurs sommets?
Pourquoi donc sans pleurer ne puis-je pas entendre
Que le vent brise encore un arbre des forêts?

« Quand même des torrents la bourbe amoncelée
Aurait des verts sentiers enterré les gazons;
Quand tout ce qui restait de fleurs dans la vallée
S'enfuirait devant l'homme et ses sottes maisons;

« Quand l'industrie aurait, en des champs plats et mornes,
Abaissé tout le sol sous son triste niveau;
Quand, veuve de ses bois, sous un pavé sans bornes,
La terre dormirait comme sous un tombeau,

« Le ciel, qui vit ce monde en sa beauté première,
N'en étendrait pas moins son dais pour le couvrir,
Et toujours brillerait, dans la vaste lumière,
Une main que le temps ne fera point périr.

« Or cette main qui seule a donné la naissance
A l'univers surpris de sortir du néant,
Quand elle le voudra, dans sa toute-puissance,
Saura bien rendre un jour sa taille au mont géant!

« Elle n'a point perdu la semence bénie
D'où germa le vallon embaumé de l'Éden;
Et par son œuvre encor la terre rajeunie
Peut de nouveau fleurir comme un vaste jardin.

« Qu'elle ordonne! et soudain les ténébreux abîmes,
De l'homme engloutiront le monde artificiel;
Et, revenant, jaloux de régner sur les cimes,
Des arbres frémissants jailliront vers le ciel!

« Tel miracle autrefois a suivi le déluge;
Mais si de reverdir notre univers est las,
O mon âme, aime Dieu comme le seul refuge
De toutes les beautés qui partent d'ici-bas!

« En lui vont des forêts l'ombre et la paix antique,
Le rayon qui sourit au feuillage mouvant;
En lui vont les parfums et la douce musique
Qui volent des rameaux sur les ailes du vent.

« En lui vont l'arc-en-ciel des gouttes de rosée,
La nocturne splendeur des astres éclatants,
Les longs cils ombrageant la prunelle irisée
Et l'incarnat si frais de la joue à vingt ans!

« Ou plutôt, tout cela c'est sa beauté suprême
Sous différents aspects nous fuyant tour à tour:
C'est lui toujours vivant, aux cieux toujours le même,
Qu'on regrette sans cesse en ce triste séjour.

« Mais quand, par cette mort dont l'attente nous glace,
Nos yeux à la lumière enfin seront rendus,
Lors nous reconnaîtrons, voyant Dieu face à face,
Les biens que nous pleurions tous en lui confondus!

« O vieux monts, laissez donc crouler vos flancs sauvages !
Que les vents, chêne altier, soufflent pour te flétrir !
Mer, cesse en écumant d'argenter tes rivages !
Ruisseaux baignant des fleurs, laissez vos flots tarir !

« Délicieux vallons, paradis pleins de charmes,
De vos chastes parfums longtemps je m'enivrai ;
Mais vous disparaîtrez sans me tirer des larmes :
Puisque Dieu ne meurt point, je vous retrouverai ! »

LE SOMMEIL DU MISÉRABLE.

J'ai cru ne pouvoir point regagner ma demeure :
Le travail m'a brisé ! Qu'elle est tardive l'heure
Qui pour les malheureux amène le repos !
Je n'en puis plus ! ce lit blesse mes pauvres os.
Oh ! travailler toujours lorsque de fièvre on tremble ;
Être indigent, malade, infirme tout ensemble ;
Avoir un corps difforme, un visage hideux ;
Être homme, et quand on voit des hommes, fuir loin d'eux

Et se cacher, honteux du dégoût qu'on inspire ;
Et savoir, en pleurant, que ses larmes font rire :
Voilà mon sort, tandis que d'autres sont heureux !
Ah ! souffrir de la sorte et toujours, c'est affreux !
Je ne puis plus prier, car mon âme en délire
N'ose penser à Dieu, craignant de le maudire !
Quoi ! plus malade encor, je reverrai demain
Cet horrible atelier, et ce maître inhumain,
Et ces enfants, dehors, qui me jettent des pierres,
Ces femmes ricanant de mes gauches manières...
Plutôt cent fois mourir ! je ne veux plus les voir !
Mais, hélas ! fureur vaine, impuissant désespoir !
Il faudra bien souffrir si Dieu veut que je vive.
Cherchons l'oubli : songer à ses maux les avive.
O Sommeil, un instant viens calmer mes douleurs !
Ta main aime à fermer les yeux mouillés de pleurs,
Et des cœurs innocents la prière te touche :
Viens donc ; ma conscience est pure, et de ma couche
Tu ne te verras point chassé par les remords ;
Viens ! si tu peux donner quelque force à mon corps,

J'accepte tous les maux que demain me prépare.
Oui, je veux de nouveau braver mon sort barbare,
Me redressant encor pour lutter avec lui!
Demain... mais c'est assez souffrir pour aujourd'hui! »

Il dit, et le Sommeil, ange aux douces prunelles,
Sur le lit du bossu vient agiter ses ailes,
Et Pierre sent passer dans l'air silencieux
Un souffle bienfaisant qui lui ferme les yeux.
Déjà le malheureux plus faiblement soupire;
La plainte, en arrivant sur ses lèvres, expire;
Il ne se souvient plus bientôt que vaguement
De ses maux, dont il perd enfin tout sentiment.
Alors, touchant effet d'un songe! il se figure
Dans un désert sans borne errer à l'aventure,
Bien loin de cette ville aux ténébreux faubourgs
Où le travail maudit emprisonne ses jours.
Jamais il n'éprouva de semblable bien-être...
Quel ange est donc venu commander à son maître
De le laisser ainsi courir en liberté?

Comment ses pieds boiteux si loin l'ont-i's porté?
Il ne sait : devant lui sont des fleurs, il en cueille;
Au-dessus de sa tête il voit trembler la feuille
Des arbres, par bouquets groupés sur son chemin;
L'air devant lui s'élève embaumé de jasmin.
Le cœur rempli d'amour, parlant en son ivresse
Au ciel qui lui sourit, au vent qui le caresse,
S'éloignant de la ville, il marcha tout le jour.
Quand la nuit l'avertit de songer au retour,
Une sombre forêt le couvrait de sa voûte.
Il tenterait en vain de retrouver sa route :
Tout est noir; mais sans crainte en cette obscurité,
Poussé d'un vague instinct de curiosité,
Il avance toujours. Bientôt une clairière
Laisse au travers du bois entrevoir sa lumière,
Il entend près de lui des voix, des pas, de l'eau.
Tout à coup il s'arrête : ô merveilleux tableau!

Près d'un ruisseau baignant une montagne brune
S'étendait mollement, aux rayons de la lune,

Le tapis verdoyant d'un val délicieux.
Au milieu du gazon, monument gracieux,
Trois beaux enfants de marbre élevaient sur leurs têtes
Une vasque d'airain d'où vingt gueules de bêtes,
Dans le vaste bassin qui leur sert de miroir,
En filets de cristal laissaient l'onde pleuvoir.
Mais plus que ce vallon, plus que cette fontaine,
L'aspect de jeunes gens qu'ici la danse amène
Fait ouvrir au bossu les yeux d'étonnement :
Vêtus de soie et d'or, quel éblouissement
Jettent ces cavaliers ! Jamais riches coiffures
N'ont relevé l'éclat de plus nobles figures ;
Pourtant aucun d'entre eux ne s'avise en passant
D'insulter le bossu par un rire blessant !
Et ces femmes ! devant de semblables mortelles
Qui ne redouterait ?... pourtant aucune d'elles,
En le voyant si laid, par un geste hautain
Ne vient humilier le misérable nain !
Et même il lui paraît, tandis qu'il les admire,
Les voir avec bonté plusieurs fois lui sourire.

C'est une erreur sans doute! ou bien seul, le hasard
A fait de son côté tomber leur doux regard...
Mais voici que donnant le signal de la fête,
La musique résonne, à danser l'on s'apprête,
Et cent couples bientôt, à pas précipités,
S'élancent en tournant, par la valse emportés.
Pierre, ennemi des jeux de la folle jeunesse,
Pour la première fois contemple sans tristesse
Un bonheur qu'il ne peut partager que des yeux.
Au son des instruments son cœur devient joyeux,
Et tout bas il se dit : « Oh! que je voudrais suivre
Ces danseurs bondissants que le plaisir enivre!
Mais, hélas! tel souhait serait témérité :
Pour moi, ne plus souffrir est une volupté.
Ai-je espéré jamais, une journée entière,
Dérober au malheur ma trace sur la terre !
Et cependant, d'un jour que je devrais bénir,
Cette nuit fait déjà pâlir le souvenir,
Tant de joie à cette heure est mon âme comblée!
Oh! ne disparais pas, souriante vallée!

Ruisseau, brille toujours ; et vous, beaux jeunes gens,
Ne rembrunissez pas vos fronts encourageants
Pour l'infirme maudit que le monde repousse !
Je veux pour mieux vous voir m'étendre sur la mousse,
Et, qu'entre ces buissons j'atteigne le matin,
Je croirai devoir trop à l'indulgent destin ! »

Ce disant, il s'assied sur un tertre dans l'ombre,
Et tandis que son œil suit les vierges sans nombre
Que viennent pour la valse inviter les danseurs,
L'une d'elles, quittant la foule de ses sœurs
Qu'éclipsait en beauté sa figure sereine,
Les laisse à leur plaisir et seule se promène,
Semblant chercher quelqu'un, tout proche de l'endroit
Où se tient le bossu. Celui-ci l'aperçoit
Et s'écarte, troublé, pour lui livrer passage ;
Mais voici qu'à l'infirme, avec son doux visage,
Elle adresse ces mots : « Tu te tiens à l'écart,
Mon cavalier ; viens donc à nos jeux prendre part !
Je te cherchais ; dis-moi si tu me trouves belle ? »

Le malheureux, tremblant, confus, regarde celle
Qui semble rire ainsi de sa difformité ;
Et, se trouvant plus laid devant tant de beauté,
Il s'écrie : « Oh ! c'est bien, prodigue-moi l'injure,
Foule-moi sous tes pieds comme une vile ordure !
Pour moi, je baiserai la trace de tes pas,
Si de ce lieu béni tu ne me chasses pas. »
Mais la belle reprend : « O mon ami, les hommes
Qui t'insultaient sont loin de l'endroit où nous sommes.
Je t'aime ! et ce propos te paraît-il moqueur,
Regarde dans mes yeux, tu connaîtras mon cœur. »
Et parlant, elle ouvrait ses grands yeux pleins de larmes
Sur le bossu ravi, qui, voyant tant de charmes,
Murmurait : « Ta beauté veut donc me rendre fou ?
Est-ce qu'il faut ainsi dévoiler au hibou
L'éclat resplendissant dont le soleil rayonne ?
Si j'en crois ton regard, oh ! oui, ton âme est bonne !
Et je t'aime ! et mon cœur ne te veut point de mal
Pour avoir ri du pauvre en l'invitant au bal ! »
« Non, non, dit-elle alors de sa voix la plus tendre,

Je n'ai point ri de toi, Pierre, et tu vas apprendre
Tout ton bonheur : au sein de ce riche vallon
Ne pénètre jamais que l'homme juste et bon ;
Et lorsqu'en ce séjour la main de Dieu le guide,
Il se pare aussitôt de cet éclat splendide
Dont tous ces jeunes gens se montrent revêtus.
O toi que parmi nous amènent tes vertus,
Comprends enfin l'amour qui pour toi seul m'enflamme:
Pierre, ici ton visage est beau comme ton âme ! »
En l'écoutant parler, saisi d'un vif émoi,
Pierre pleurait, heureux, mais ne sachant pourquoi,
Car il n'eût osé croire à sa métamorphose.
Pour dissiper son doute, une lèvre de rose
Imprime sur sa joue un chaud baiser, soudain
Il se lève enhardi ; mais il n'est plus ce nain
Dont les enfants hier méprisaient la stature :
Son corps grandit, son dos a perdu sa courbure,
Et sa tête s'élève au-dessus du beau front
De la vierge. Étonné d'un changement si prompt,
Il court à la fontaine, incline son visage

Sur le bassin, et l'eau réfléchit son image,
Mais si belle, qu'à peine il en croirait ses yeux!
Quel pouvoir l'a rendu tout à coup radieux?
Quoi! ce fier cavalier dont le velours dessine,
Sous ces riches habits, la taille souple et fine,
C'est lui? Non, il s'abuse ou bien le miroir ment.
Comment, lui, saurait-il porter si galamment
Et la ceinture d'or où le poignard s'attache,
Et la toque d'azur, et l'éclatant panache?
Dans l'onde, cependant, regardant de plus près...
C'est bien lui! Qu'il est fier de se voir sous ces traits!
Il saisit dans ses bras la svelte jeune fille,
Il s'embrase du feu de cet œil qui pétille,
Il sent ce corps si beau s'appuyer sur sa main
Et ce sein virginal battre contre son sein.
Au bonheur d'être aimé son âme s'abandonne;
Et, sur le vert gazon où le bal tourbillonne,
Il vole et croit fouler, loin du monde mortel,
Les nuages légers qui flottent dans le ciel.
O miracle! la nuit est pleine de lumière;

La volupté s'épand sur la nature entière;
La musique soupire en amoureux accords;
L'arbre même a senti d'indicibles transports.
Alors, sur les coteaux les roses endormies
S'éveillaient pour sourire aux étoiles amies;
Les pics neigeux dans l'air brillaient comme l'argent;
Tandis qu'à petit bruit roulant son flot changeant,
Le ruisseau gazouillait sa joie à la montagne,
Et Pierre, triomphant, entraînait sa compagne;
Et les autres danseurs, en passant auprès d'eux,
A voix basse disaient: « Qu'ils sont beaux tous les deux! »

La lune cependant aux cieux s'est obscurcie;
Chaque étoile s'éteint; et dans l'ombre épaissie,
La valse ne suit plus que d'un pas languissant
Les soupirs du hautbois qui vont s'affaiblissant.
Quand Pierre voit venir l'instant où l'on se quitte,
Il s'écrie: « Oh! faut-il nous séparer si vite?
Belle, je ne connais que depuis un moment
Cet amour dont tu m'as appris le mot charmant!

T'en iras-tu sitôt seule dans ta demeure,
Tandis que j'aurai vu passer en moins d'une heure
Cette félicité que je me promettais?
Vais-je redevenir le bossu que j'étais?
La belle répondit : « Ami, reprends courage :
La beauté pour toujours restera ton partage.
Vois-tu ces hauts sommets? là réside le roi
Dont nous formons la cour, mes compagnons et moi.
Combien de ce monarque est douce la puissance!
Pour savoir quel bonheur on goûte en sa présence,
Viens avec nous : au pied de son trône vermeil,
Il faut que nous soyons au lever du Soleil! »
« Ne te quitter jamais est mon seul vœu! » dit Pierre.
A ces mots, il tourna ses regards en arrière :
Vierges et jeunes gens s'étaient évanouis;
En leur place brillaient à ses yeux éblouis
D'éclatants chérubins se promenant sur l'herbe.
Et voici qu'à son tour, en archange superbe
Sa compagne se change et, lui donnant la main,
Dit : « De notre pays reprenons le chemin! »

A cet ordre du chef, en hâte l'on se range.
Quand l'escadron fut prêt. « Marche ! » cria l'archange ;
Et la troupe soudain, poussant du pied le sol,
Vers le ciel argenté s'éleva dans son vol.

L'aube, de la cité réveillant le murmure,
Avait brillé deux fois, depuis qu'en sa masure
Le malheureux avait, en priant, fermé l'œil.
Près de sa couche vide on clouait un cercueil,
Et des pauvres plaignaient la destinée amère
De celui que leurs bras allaient rendre à la terre :
Aucun d'eux ne songeait que la mort peut guérir
Tous les maux qu'ici-bas Dieu nous faisait souffrir.

LA MORT AU XIXe SIÈCLE.

O vous, enfants d'un siècle impie et plein d'audace,
Vous dont l'ambition destructive menace
Les derniers dieux restés debout sur leurs autels,
Vous lutterez en vain contre ma tyrannie :
Si haut que doive un jour planer votre génie,
Hommes, vous resterez mortels !

Vous avez fait le jour dans un lieu de ténèbres :
Terreur des temps passés, les fantômes funèbres
Ont fui de cette terre où brillent vos flambeaux ;
Mais moi, la vieille Mort, je ne suis point une ombre,
Et devant le soleil comme dans la nuit sombre
Je conserverai mes tombeaux !

Oui, bien qu'à vos efforts nul pouvoir ne résiste,
Sur le monde pourtant à régner je persiste.
En vain avez-vous dit de Satan : « Il vécut ! »
Mon trône, à moi, n'est pas encor réduit en poudre,
Et quoique votre main tienne aujourd'hui la foudre,
Vous me devez payer tribut.

Si les Religions, pour rester sur la terre,
Ont adouci les plis de leur visage austère,
Rien n'a changé l'aspect effrayant de la Mort.
On me subit toujours froide, lugubre, infecte ;
Car je suis le tyran qu'on hait et qu'on respecte,
Immonde et rebutant, mais fort !

Sans craindre de blesser votre délicatesse,
Des temps où je naquis j'ai gardé la rudesse.
Et comment songerais-je à vous flatter, humains,
Lorsque, sans nul effort pour vous sembler plus belle,
En foule je vous vois, dès que je vous appelle,
Vous précipiter dans mes mains?

Vous comptez cependant toute une multitude
De médecins blanchis par une longue étude;
Mais quand seront-ils prêts à me dicter des lois?
Ils vantent leurs travaux à la foule ravie
Et de leurs patients laissent couler la vie
Ainsi qu'une onde entre leurs doigts!

Votre belle Industrie, en engins si féconde,
L'est surtout pour m'aider à dépeupler le monde.
C'est pour moi que la bombe et le boulet de fer
Vont sans cesse doublant leur vitesse homicide,
Et que le monitor, de son groin perfide,
Chasse aux navires sous la mer.

Comme autrefois, conduits sous des drapeaux contraires,
Vous vous entr'égorgez, vous connaissant pour frères !
J'en ressens néanmoins un bien maigre plaisir :
Que me font ces combats? Lorsque votre sagesse
Ne vous laisserait plus mourir que de vieillesse,
En viendrais-je moins vous saisir?

Sûre de vous avoir, telle est ma patience
Que je me plaindrais peu de voir votre science
Ajouter quelques jours à vos jours si bornés.
Sur terre, quelque temps que l'homme se promène,
Son chemin aboutit toujours à mon domaine :
Puisque vous m'êtes destinés,

Qu'importe sous ma dent quelle heure vous envoie?
Les fleuves, à la mer devant servir de proie,
Serpentent vainement et prolongent leur cours :
Tranquille, ayant toujours du temps pour les attendre,
L'Océan éternel les regarde descendre
Et s'amuse de leurs détours.

Poursuivant des progrès qui ne peuvent me nuire,
Je veux vous voir, humains, grandir et vous instruire;
Je vous proclamerai sublimes, merveilleux!
Combien vous montrez-vous différents de vos pères :
Pauvres sots, résignés à toutes les misères
Sous le bon plaisir de leurs dieux!

Ces rustres n'étaient point pétris de votre argile!
J'avais tant de mépris pour leur engeance vile,
Qu'en mon orgueil encor je souffre étrangement
De penser que ma faim, toujours inassouvie,
Ne posséda longtemps qu'une table servie
D'un aussi grossier aliment.

Mais vous, qui semblez faits d'un rayon de lumière,
Venez à moi, venez et vous me rendrez fière :
Vous méritez l'honneur de nourrir le Trépas!
Que le ciel devant vous s'abaisse et vous adore!
Quand vous serez des dieux, ô vous que je dévore,
Alors, que ne serai-je pas?

UN SEUL BONHEUR.

Mon voisin tend sa coupe, et moi je tends mon verre
Pour goûter un vieux vin qui réjouit le cœur :
Dans des vases nombreux dont la forme diffère
Nous pouvons savourer une même liqueur.

De même, sachons-le, pour les lèvres humaines,
Le bonheur est unique et n'a point plusieurs goûts;
Mais on va le puiser à diverses fontaines,
Et chacun sottement croit avoir le plus doux.

L'amant bien au-dessus de l'empire du monde
Met un simple baiser de sa belle à l'œil noir;
Pourtant, que cette fille ou soit brune, ou soit blonde,
Tel autre prend fort peu souci de le savoir.

Quelque chimère, hélas! que notre âme caresse,
Chacun de nous se dit: « Moi seul j'ai le vrai bien,
Je tiens la seule coupe où l'on boive l'ivresse,
Et le bonheur d'autrui ne peut valoir le mien! »

Aussi, comme notre œil voit avec épouvante
Venir un lendemain qui doit nous enlever
L'éphémère jouet que l'heure nous présente,
Et que nous craignons tant de ne plus retrouver!

Bonheur, tu m'apparus un jour sous une face;
Que sous un autre aspect tu ne te montres pas!
C'est ici que je t'aime! ailleurs qu'en cette place,
Je te méconnaîtrai quand tu me souriras!

Pour l'homme que les Sens abreuvent de délices,
Nul paradis ne fait luire un espoir plus beau
Que de pouvoir toujours conserver les services
De ces gais échansons au delà du tombeau.

Il aime les parfums, les femmes, la musique.
Sans jouir de ces biens il ne veut pas du ciel;
Et son front s'assombrit quand la raison explique
Que l'éternel bonheur est immatériel.

« Pourquoi méprisez-vous ce corps fait de poussière?
« J'aime, dit-il, l'éclat dont cette poudre luit.
« De notre âme, ici-bas, les sens sont la lumière,
« Et, ces flambeaux éteints, tout rentre dans la nuit.»

Un pauvre aveugle, né dans une tour gothique,
S'il recouvre la vue et s'il cherche le jour,
Ne voit briller d'abord que le vitrail antique,
Et pour ce bel objet son cœur se prend d'amour.

Charmé de ces couleurs qui rayonnent dans l'ombre,
Sans connaître le jour, qui leur prête ses feux,
En dehors de la chambre, il croit que tout est sombre
Et que ce verre peint est l'astre lumineux.

Et son âme ignorante aisément se figure
Que si le clair vitrail, dont scintille la fleur,
Était brisé, la tour redeviendrait obscure,
Et qu'il ne pourrait pas survivre à sa douleur.

Mais le vent tout à coup entr'ouvre la fenêtre,
Et d'admiration cet homme transporté,
Oubliant les vitraux, voit enfin apparaître
Le soleil véritable et la seule clarté !

BLONDE ET BRUNE.

Adorable est la blonde au délicat profil !
Comme l'aube apparaît un sourire subtil
Au coin de sa lèvre un peu fière.
A son oreille blanche elle attache un grain d'or,
Et de ses fins cheveux l'éblouissant trésor
Couvre sa tête de lumière.

Aux suaves contours de son front radieux,
On croirait voir l'enfant d'une race de dieux
Dont jamais la douleur n'approche;
Et son regard, si plein de céleste clarté,
De la triste laideur de notre humanité
Semblerait nous faire un reproche!

La brune, feu d'amour, océan de plaisir,
Verse plus d'espérance à la soif du désir :
Tout en elle au bonheur invite.
Elle est belle au repos; mais son œil pétillant
Aime l'ardeur du bal, qui le rend plus brillant,
Comme un flambeau que l'on agite.

On vante de son corps la souple agilité,
Et ses dents, et son rire éclatant de gaîté;
Mais il ne connaît rien encore
Celui qui n'a point vu son visage charmant
Lorsque de la pudeur d'un secret sentiment
Ce teint basané se colore.

Non, dans l'obscurité la rougeur de l'éclair,
Le soleil du matin s'élevant sur la mer,
Et semant des rubis dans l'ombre;
Non, le reflet, dans l'or, d'une goutte de vin,
Rien n'est délicieux comme le feu divin
Dont s'empourpre cette peau sombre!

La blonde est, ici-bas, la plus riche des fleurs;
Mais, fragile, elle craint pour ses tendres couleurs
Au moindre souffle qui la touche.
La brune, à l'œil profond, au soupir amoureux,
Est l'arbre confiant dont le fruit savoureux
S'incline pour tenter la bouche.

L'une, par son éclat, comme par sa fraîcheur,
Est semblable à la neige, intacte en sa blancheur,
Sur l'épaule des monts semée;
L'autre est cette rivière, au flot chaud et vermeil,
Où l'on voit des baigneurs se jouer au soleil
Sous une rive parfumée.

AU TEMPS.

Toi qu'on nomme le Temps, couvrant ton jeu barbare,
Tu ne m'abuses pas, lorsque ta main répare
Ce qu'a tranché ta faux!
Si tu veux que sans fin le monde rajeunisse,
Ce n'est point par pitié, mais pour qu'il te fournisse
Des aliments nouveaux.

Par la fécondité ta rage est bien servie :
Sème donc. N'est-ce pas sur l'arbre de la vie
Qu'on greffe la douleur?
Pour entendre se plaindre, ainsi fais toujours naître ;
Pour goûter leurs regrets, laisse aux vivants connaître
L'ombre au moins du bonheur.

L'orme, s'il était seul, ne craindrait point la hache;
Fais donc qu'à ses rameaux une vigne s'attache ;
Et quand ils seront deux,
Et que leur double bois n'aura plus qu'une séve,
L'arbre alors tremblera que la mort ne l'enlève
A de si tendres nœuds.

Ne frappe point l'enfant dans le sein qui le porte;
Non! que de cette vie il entr'ouvre la porte
Afin d'être adoré!
Laisse ses petits bras vers la mère se tendre :
C'est alors seulement, si tu viens le reprendre,
Qu'il sera bien pleuré.

Quand des soleils par toi sont réduits en poussière,
Il ne doit pas se perdre un grain de leur matière!
Mais de leurs éléments
Tu recomposeras une étoile nouvelle
Qui puisse quelque jour, se croyant éternelle,
Éclater en fragments!

Relève pour abattre, ébranle et puis rassure;
Frappe et guéris : ce n'est qu'en fermant la blessure
Que l'on peut la rouvrir.
Jette sur les débris une graine féconde,
O toi qui sais si bien conserver à ce monde
La force de souffrir!

Il n'est point ici-bas une petite place
Qui de tes coups maudits ne porte pas la trace;
Et pourtant, à tes yeux,
Le spectacle insensé de la douleur immense
Qui toujours s'assoupit, et toujours recommence,
Ne paraît pas trop vieux!

C'est qu'avec autant d'art nul tyran ne varie
Le plaisir de frapper la victime meurtrie
Au gré de sa fureur;
C'est que jamais démon n'eut de pareilles armes,
Toi qui marches suivi de plaintes et de larmes,
Précédé de terreur!

Depuis les sphères d'or dans l'espace lancées
Jusqu'aux petites fleurs par le vent caressées,
Tout ressent ton effroi!
Point de pied qui t'échappe ou d'aile qui t'évite.
Où fuir? A l'univers il n'est point de limite
Que n'étreigne ta loi.

Pétris donc en tes doigts, comme une cire molle,
Ce monde malheureux; mais, dans ta rage folle,
Crains de l'anéantir.
Tigre, s'il t'est si doux de torturer ta proie,
Ta gueule n'aura pas cette féroce joie
De pouvoir l'engloutir!

Bourreau de l'Univers, tu n'en es pas le maître.
Un même créateur ensemble vous fit naître,
Lui faible et toi plus fort.
Tu peux, selon tes vœux, désoler la nature,
En exprimer des pleurs, en changer la figure,
Non lui donner la mort !

Juste autant que le monde il t'est permis de vivre :
S'il retourne au néant, il te faudra le suivre :
Vous mourrez à la fois !
Le feu vit aux dépens du fagot qu'il tourmente ;
Mais il s'éteint sitôt que sa dent imprudente
A rongé tout le bois !

A UN AMI MORT.

Pauvre ami, j'ai suivi ton corps au cimetière ;
Au fond du trou béant j'ai regardé ta bière
Tant que j'ai pu la voir ;
Enfin, j'ai dû quitter la fosse refermée ;
Et maintenant, chez moi, la lampe est allumée,
Ainsi que chaque soir.

Sur la table mes yeux sont baissés pour l'étude ;
Mais je ne t'attends plus, et dans ma solitude
J'ai le front plus penché.
Ton destin est rempli : moi, je dois encor vivre
Et douter, et chercher, et demander au livre
Ce que Dieu tient caché.

O toi qui m'as laissé tout seul sur cette route,
Du ciel à tes regards tous les secrets, sans doute,
Ont été découverts !
Te prenant dans ses bras, un ange au vol sublime
T'a, sans doute déjà, porté sur quelque cime
D'où l'on voit l'univers.

Suffit-il de mourir ainsi pour tout connaître ?
Notre science, alors, aux élus doit paraître
Bien peu digne d'effort !
Et nous nous fatiguons sottement sur la terre,
Puisque si promptement les voiles du mystère
Tombent devant la mort !

Du prix de mon labeur toi qui pourrais m'instruire,
A ma vue, un instant, voudras-tu faire luire
Les clartés que tu vois?
Pour monter jusqu'au Vrai que ton bras me soutienne!
Ici-bas souviens-toi que ta main sur la mienne
S'appuyait quelquefois!

Ici-bas, nous prêtant mutuelle assistance,
Tous les deux nous voulions, sans compter la distance,
Poursuivre l'Inconnu.
D'une commune ardeur nos âmes étaient pleines!
L'ami qui partageait mon espoir et mes peines
Qu'est-il donc devenu?

Vainement je l'appelle, il ne veut pas répondre.
Dans les pleurs, à présent, mes yeux pourraient se fondre
Sans lui faire pitié!
Des chants délicieux là-haut se font entendre...
Mais quels sont donc ces chants qui d'un ami si tendre
Ont vaincu l'amitié?

Hélas! il est trop loin du pays où l'on souffre!
La plainte ne peut pas monter de notre gouffre
Vers ce monde meilleur.
Ou bien, ministre heureux du roi qui toujours règne,
L'ange éclatant peut-être aujourd'hui me dédaigne,
Moi, pauvre travailleur!

Mais non! tu ne saurais, sans m'aimer, vivre encore;
Seulement, des splendeurs de l'éternelle aurore
Les cieux sont trop jaloux;
L'ange, pour nous parler, n'en peut ouvrir la porte;
Car le maître défend qu'un seul rayon en sorte
Et tombe jusqu'à nous.

Trop douce assurément serait notre galère,
Si nous voyions, d'en haut, le visage d'un frère
Sourire à nos efforts!
Si des banquets servis aux conviés célestes,
Une main, par hasard, distribuait les restes
Aux pauvres du dehors!

Nous le savons, hélas! que, dans un lieu d'épreuve,
Nous ne devons pas boire à la coupe où s'abreuve
L'élu victorieux.
Il est dur cependant d'être seul et sans aide,
Et de pleurer sur terre, alors que l'on possède
Un ami dans les cieux!

LEVER DE LUNE.

DIABLERIE.

Ce cercle rouge sur la mer,
Ce n'est point, à travers les voiles de la brume
Le flambeau de la nuit qui dans les cieux s'allume,
C'est l'ouverture de l'enfer!

Voyez-vous comme se dessine
Dans l'ardente clarté le profil des démons?
Satan est au milieu de ses noirs marmitons,
Gouvernant sa vieille cuisine.

A son repas seront mangés
Des humains préparés de toutes les manières :
Sur le gril, à la broche, aux bouillons des chaudières,
Cuisent de pauvres naufragés.

Ce destin vous attend peut-être,
Vous qui partez sans crainte, imprudents matelots !
C'est pour vous recueillir que Satan, sur les flots,
A fait ouvrir cette fenêtre.

Tous les malheureux engloutis
Sans avoir du péché purifié leurs âmes,
Par le traître Océan, sous l'arche de ces flammes,
Sont portés pour être rôtis.

Hélas! témoin de leur torture,
Qui de nous ne voudrait les aller secourir?
Mais il est jusque-là trop d'onde à parcourir
Pour oser tenter l'aventure!

Ce cercle rouge sur la mer,
Ce n'est point, à travers les voiles de la brume,
Le flambeau de la nuit qui dans les cieux s'allume,
C'est l'ouverture de l'enfer!

TOUT EN ROSE.

A Émile Jouaust.

Si d'un bouleau, sur la bruyère,
Ne tremblait le rameau d'argent,
Tout serait rose en la clairière,
Des lueurs de ce beau couchant.

Au rayon pourpre qui la baise,
La lande ouvre ses fleurs de feu;
D'ardents nuages en fournaise
Ont changé le firmament bleu;

Et des flaques d'eau lumineuses,
Des cieux reflétant le carmin,
Font ressembler les roches creuses
A d'énormes coupes de vin.

COURAGE! NOUS AVANÇONS.

L'onde amère remplit nos yeux et notre bouche,
Après quelque repos en vain nous soupirons :
Sur le sombre Océan qu'hélas ! nous parcourons,
Le flot revient toujours ébranler notre couche.

Quel moyen d'apaiser la mer que rien ne touche?
La voyant s'irriter, de crainte nous pleurons;
Et nous crions à Dieu, dont nous désespérons :
Pourquoi donc as-tu fait la vague si farouche?

Cependant notre esquif soutiendra ces assauts;
Et, tout en nous brisant par ses terribles sauts,
Il nous amène au port, où son destin le pousse :

Sur les flots de la vie, en butte aux coups du sort,
L'homme devrait songer qu'après chaque secousse,
Il se trouve plus près du seul abri, la Mort!

LES ÉTOILES.

L'aspect du ciel semé de ses étoiles bleues
Rafraîchit nos regards après un jour d'été :
D'un rayon, à travers des millions de lieues,
Chaque astre faiblement perce l'obscurité.

Comme ces feux là-haut scintillent et tremblotent !
A chaque instant, d'un souffle on croit qu'ils vont périr;
Ces pauvres petits yeux qui dans l'ombre clignotent,
Ils semblent n'avoir pas la force de s'ouvrir !

Cependant, chacun d'eux est un vaste incendie
Duquel en s'approchant la Terre brûlerait
Plus vite qu'au flambeau la mouche trop hardie
Qui vole à la lumière et soudain disparaît.

Dans la nuit du passé, que la gloire illumine,
Charmés, nous regardons luire des conquérants ;
Mais heureux sommes-nous que la bonté divine
Veuille nous tenir loin de ces astres brûlants !

LA FIÈVRE ET LA PESTE.

Au bas du pont, sous l'arche noire,
La rivière au lugubre aspect
Roule sans bruit un flot suspect
Où les oiseaux craignent de boire.

Pour voir si le gouffre est profond,
Vainement le regard s'abaisse :
Le voile d'une ordure épaisse
N'en laisse point luire le fond.

Des maisons, dans cette rivière,
Baignant la lèpre de leurs murs,
Jettent sur ces courants obscurs
La tristesse de leur misère...

Quels êtres maudits du bon Dieu
Logent sous ces tuiles brisées?
Qui donc entr'ouvre les croisées
Donnant sur cet horrible lieu?

Des quartiers de la jeune ville
Deux dames redoutant le jour,
Vivants spectres, dans ce séjour
Cachent leur teint couleur de bile.

Là, dans la douceur de la nuit,
Vaquant aux soins de leur ménage,
Elles se mirent au passage
Dans l'eau qui ronge leur réduit.

Voilà longtemps qu'elles sont nées!
Et de ce ruisseau de poison
C'est la fétide exhalaison
Qui prolonge ainsi leurs années.

O voyageur, crains le péril
De trop chercher à les connaître;
Tremble de voir à la fenêtre
S'allonger leur maigre profil!

Leur simple regard est funeste,
Elles te tueraient d'un coup d'œil :
Ces deux cousines du cercueil
Se nomment la Fièvre et la Peste!

SOIRÉE D'AZUR.

L'onde n'est déjà plus du soleil éclairée;
Content de nous avoir éblouis tout le jour,
L'astre discret, cachant sa figure dorée,
Nous laisse, sur les flots, seuls avec notre amour!

Du rivage sait-on en quel endroit nous sommes?
Sait-on que tant de joie inonde notre cœur?
Qu'il est doux de verser loin du regard des hommes
Les pleurs délicieux qu'arrache le bonheur!

Mais vois comme du bord les monts devenus sombres
Nous enferment au sein de leur vallon d'azur!
Jusque sous notre main le soir bleuit les ombres,
Et le lac resplendit comme un saphir obscur!

De quel pays nouveau faisons-nous la conquête,
Pour que tout soit ainsi couleur de firmament?
Ne cherche plus le ciel au-dessus de ta tête :
Le ciel veut jusqu'à nous descendre en ce moment!

Oh! comme par-dessus ces flots remplis d'étoiles
Notre esquif nous emporte avec des bonds légers!
L'entends-tu doucement murmurer dans nos voiles,
Le vent frais qui s'embaume aux lointains orangers?

Laissons, laissons errer notre barque sans guide!
Sur l'Océan des cieux on ne craint pas d'écueil.
J'aperçois des clartés, c'est le palais splendide
Dont bientôt notre proue ira toucher le seuil.

Mais quel choc a failli nous renverser? La terre!
Quoi! la terre déjà! Nous en étions si loin!
Heureusement la nuit est close, et le Mystère
Sur le sable muet nous reçoit sans témoin.

Et nul œil importun, nul visage funeste,
Ne pouvant attrister la fin de ce beau jour,
Nous irons au sommeil redemander le reste
De ces songes du ciel rêvés par notre amour!

LENDEMAIN.

A Sully-Prudhomme.

Amis, partez sans moi ! contentez votre envie
De mordre à tous les fruits sans goûter leur saveur ;
Je n'irai point au bal qui ce soir vous convie,
Oublier mon bonheur !

A de nouveaux plaisirs mon âme n'est pas prête
Quand de ceux de la veille il me reste à rêver ;
Laissez le songe heureux de la dernière fête
Pour mon cœur s'achever !

En dépit du cadran qui nous marque une autre heure,
Je veux dans ces instants me renfermer encor,
Ainsi qu'un ver à soie en la riche demeure
Qu'il se tisse avec l'or.

Quelle fureur nous pousse à renvoyer si vite
Le souvenir léger, hôte d'un seul moment?
Hélas! bien assez tôt de lui-même il nous quitte,
Ce papillon charmant!

Au-dessus du cristal des plus limpides ondes,
Si jamais tristement votre front s'est courbé,
Pour voir s'évanouir sous les vagues profondes
Quelque bijou tombé;

Si vous avez suivi longtemps sous la surface
Du vacillant joyau le rayon affaibli,
Vous avez vu comment tout souvenir s'efface
Sous des ondes d'oubli.

Oh! pour te rallumer quelle est mon impuissance,
Passé, brillant passé que rappellent mes vœux!
Phare toujours fuyant dont la moindre distance
Décolore les feux!

Hier, quand me parlait cette femme si belle,
Tout l'éclat du présent illuminant ses traits,
Quels pleurs versaient mes yeux! et, l'adorant près d'elle.
Comme je l'adorais!

Maintenant, par l'esprit revolant sur sa trace,
Sous les lustres encore au plafond suspendus,
Je refais mon idole et de nouveau l'embrasse,
Mais je ne pleure plus!

Et peut-être, demain, quand derrière un nuage
Mes yeux d'un tel bonheur ne sauront plus rien voir,
Je me demanderai ce qui dans cette image
Pouvait tant m'émouvoir.

Alors, mais seulement alors, pauvre infidèle,
Il sera temps pour moi de trahir le passé,
Et de sacrifier à l'étoile nouvelle
Le soleil éclipsé !

L'ANCRE.

L'ancre, au bec recouvert de limon et de sable,
Peut se croire oubliée au fond trouble de l'eau,
Mais dans l'obscurité la suit toujours un câble
Qui la remontera sur l'avant du vaisseau.

Habitant d'ici-bas, dans l'horreur d'un lieu sombre,
Malheureux qui te crois égaré sans retour,
Le câble par lequel tu descendis dans l'ombre
Tient à toi pour te rendre aux régions du jour.

L'INDOMPTÉE.

La campagne, non point celle que les saisons
Couvrent avec les prés, les jardins, les moissons,
D'un manteau qu'à son gré bigarre la culture,
Mais celle qui rejette à ses pieds fièrement
Ce vêtement d'esclave et ne doit d'ornement
Q'aux mains de l'antique Nature !

Celle qui, de splendeur luttant avec les cieux,
Monte en gradins, se dresse en pics audacieux,
Et de glaciers d'argent se fait une couronne;
Celle qui sur ses flancs hérisse les sapins,
Et qui, se retranchant derrière ses ravins,
Entend n'obéir à personne!

Cette campagne, au front plein de sévérité,
N'inspirait point jadis de sa noble âpreté
Les Virgiles chanteurs qui se détournaient d'elle :
L'homme, des éléments à grand'peine vainqueur,
De la Nature brute avait encor trop peur
Pour deviner qu'elle était belle!

Trop longtemps on n'aima que les petits bosquets,
Les prés verts fournissant aux nymphes des bouquets,
Les ruisseaux de fraîcheur humectant leurs rivages;
Mais les grands monts, où l'art n'osait s'aventurer,
Restaient encor dans l'ombre, et laissaient ignorer
L'attrait de leurs horreurs sauvages.

C'est d'hier seulement que s'est levé le jour
Sur tous les grands objets; qu'on a connu l'amour
De ces pics décharnés que la vieillesse aiguise;
Qu'on a de la lumière étudié les jeux
Sur la neige qu'au loin en versants blancs et bleus
L'arête des rochers divise.

O moment ineffable! où la première fois
La vierge Solitude, à l'ombre de ses bois,
Vit errer les penseurs qui l'avaient découverte!
Hélas! pourquoi faut-il que ces nobles amants,
Enivrés du parfum de ses baisers charmants,
Eux-mêmes aient causé sa perte?

Les imprudents! au lieu de cacher leur trésor,
Ils ont avec éclat fait retentir le cor,
Et la foule aussitôt sur leurs pas s'est ruée;
Si bien que la beauté dont ils s'étaient épris,
Au vulgaire grossier qui n'en sent pas le prix,
Est maintenant prostituée!

Voyez dans vos déserts, rêveurs trop peu jaloux,
Tous les ans plus nombreux se donner rendez-vous
Ce public odieux des concerts et des courses :
Amas d'oisifs venant tout souiller sans plaisir,
Et que hors de chez soi pousse le seul désir
De vider à grand bruit leurs bourses!

Hélas! quand au milieu d'un vallon frais et beau,
La Mode, par hasard, amène ce troupeau,
L'arbre se brûle et meurt, l'herbe se décolore,
L'âme n'aspire plus les haleines de Dieu,
Et toute poésie en pleurant dit adieu
A la campagne qu'on déflore.

L'aigle fuit, effrayé par l'orchestre du bal;
La bruyère est changée en carrefour banal
Où mille sots parés croisent leurs politesses;
Partout, adoucissant ses pentes, le chemin
Guide sur un tapis de sable jaune et fin
Le pied des petites-maîtresses.

Cependant les sapins, désormais alignés,
Dans des landaus vernis regardent, indignés,
Sous leurs branches passer en bâillant les familles;
Et, voyant des maisons de sa base approcher,
Le vieux mont se promet, avec quelque rocher,
D'écraser ces nids de chenilles!

JEUNESSE.

Le jeune couple avait, pour cacher son amour,
Choisi le vert milieu de la forêt profonde ;
Les arbres, seuls témoins, se taisaient à l'entour :
Bien loin de leur gazon mouraient les pas du monde.

L'amante était couchée à terre mollement,
Suivant des yeux un chêne à la cime élancée :
Le cou sur les genoux de son timide amant,
Heureuse elle chantait, la tête renversée.

Et, calmes, les accents de sa touchante voix
Sans crainte s'élevaient dans le vaste silence,
Et le couple en son cœur remerciait les bois
D'avoir à son amour prêté leur nid immense.

Oh! les cieux, les grands cieux, n'ont-ils pas quelque part
Un endroit où les vents ne soufflent pas de rides,
Où l'âge ne vient pas dessécher le regard,
Où toujours dans l'air pur montent des voix limpides?

LA GRANDE LUTTE.

A mon Père.

Hélas ! je revenais de montagnes lointaines
Où la Terre sourit aux approches du ciel.
Sous leur ombre j'avais foulé de douces plaines
Dont mille papillons sucent les fleurs de miel.

Et de là descendu vers un morne rivage,
J'avais, de l'Océan affrontant le danger,
Livré comme un jouet à son humeur sauvage,
Le pauvre voyageur, à ses bords étranger.

Et tout m'avait navré de tristesse inconnue :
Le râle, sous mes pieds, de l'abîme béant,
Et devant moi cette eau déroulant l'étendue
D'un royaume sans borne, image du néant.

A peine, du milieu de ces déserts liquides,
Avais-je vu surgir quelques rares îlots ;
Mais ils m'avaient paru comme les fronts livides
De noyés que la mort va plonger sous les flots.

Puis aux vagues, fondant sur moi grosses de rage,
Ma barque avait crié comme pour s'entr'ouvrir,
Et, blêmissant d'horreur à l'aspect du naufrage,
J'avais fermé les yeux vingt fois, prêt à périr.

Qu'en ces heures ma bouche avala d'onde amère!
Que mon cœur descendit en des gouffres d'effroi!
Échappé du péril, que je bénis la Terre!
Près du port, un vieux cap se dressait comme un roi.

Je gravis du géant la roche ferme et sûre,
Et, de là, sur les flots mon œil se hasarda.
Alors, comme le sang jaillit d'une blessure,
Tout le fiel de mon âme en ces mots déborda :

« O toi qui de frayeur assailles sans relâche
L'homme qui, loin des siens, se livre à ta merci;
Terreur de la faiblesse, Océan trouble et lâche,
Viens donc me prendre ici!

« Pour disloquer le bois d'une chétive barque,
Dans leurs plus fiers élans tes flots sont assez forts :
Mais sur ces durs rochers, dis-moi donc quelle marque
Laissent tous tes efforts?

« Depuis des milliers d'ans qu'à leur base tu grondes,
Quelques cailloux, à peine, en ta vague ont roulé,
Tandis que chaque instant voit de tes faibles ondes
L'édifice écroulé.

« Que te sert tout ce bruit d'où sort si peu d'ouvrage?
D'un seul pas contre moi ne pouvant avancer,
Avec tant de laideur et de stupide rage,
A quoi bon grimacer?

« De toute ta fureur il ne reste de trace
Qu'un peu d'écume, aux bords où tu ronges ton frein!
Va, tu les troubles peu de ta vaine menace,
Les monts au front serein!

« Pour t'entendre hurler, trop haute est leur stature!
Quiconque est avec eux te brave impunément ;
Et l'homme a pour amis ces rois de la nature,
O perfide élément!

« Plus d'une fois sans doute, au bruit de ta colère,
De pauvres matelots pâliront effrayés;
Mais toujours vers le ciel s'élèvera la Terre
Qui te tient à ses pieds! »

Ainsi, faisant vibrer ma triomphante haine,
Je prodiguais l'insulte à l'Océan maudit;
Quand, avec le fracas du vent qui se déchaîne,
Haussant la voix, la Mer, l'horrible Mer me dit :

« Qu'importe que ces bords à tes yeux me repoussent,
Si vingt siècles me font avancer d'un seul pas!
Les tranchants du granit à la longue s'émoussent,
Mes flots ne s'usent pas.

« Mais tandis qu'avec peine échappé de ma houle,
Tu m'accuses, chétif, de m'agiter en vain,
Là-bas ne vois-tu point des nuages en foule
S'élever de mon sein?

« Ces nuages, ce sont les soldats que j'envoie
Combattre les géants qui de moi n'ont pas peur;
C'est pour gagner les monts, ton amour et ta joie,
Que part cette vapeur.

« Et s'il me faut rester dans les sombres abîmes
Où la Terre à ses pieds me garde avec affront,
Mes soldats sont déjà sur ses sommets sublimes
Et lui mordent le front.

« Contre eux ,que la montagne aille donc se défendre!
Qu'elle dispute donc les lambeaux de sa chair
A l'eau qui sur ses flancs sans cesse va descendre,
Comme un râteau de fer!

« La pluie emporte tout : elle abonde, elle creuse
Les ravins où les rocs tombent avec fracas,
Où le vaincu penché voit sa dépouille affreuse
Glisser toujours plus bas.

« O mes agents de mort, qu'ils vont vite à l'ouvrage !
Des torrents destructeurs entends-tu les galops,
Sur les versants rouler ensemble après l'orage
Les pierres et les flots ?

« Va compter dans le fond des lugubres vallées
Combien de pics déjà s'étalent en fragments :
Que de prés recouverts, que de gorges comblées
Avec leurs ossements !

« Pourtant ce n'est point là le dernier cimetière
Où ces mornes débris doivent en paix rester :
En gravier, en limon, j'ordonne à la rivière
De me les apporter.

« Et la rivière marche, et dans son cours entraîne
Tout ce qu'elle a pu mordre ou dissoudre en chemin ;
Et me vient déposer son butin sur l'arène
Où je roule sans fin.

« Ainsi, pas après pas, m'arrive ton domaine;
Ainsi viendront à moi des lointains solennels
Tes champs aimés de Dieu, ta forêt souveraine,
Et tes monts éternels !

« Car, tu le vois : serpent qui partout s'insinue,
Ou vaporeux oiseau dont l'aile obscurcit l'air,
On nomme ces fléaux : ruisseau, fleuve, ou bien nue,
Mais c'est toujours la Mer.

« La Mer ! sombre menace à tout ce qui subsiste,
Et devant qui la Terre, un jour, s'abaissera !
Non ! je ne suis pas moins redoutable que triste,
Par moi tout croulera ! »

LA HAINE.

La Haine, vainement par le destin servie,
Tient dans ses mains l'objet qu'elle voulait frapper,
Toujours de son martyr, par la mort ou la vie,
Elle sent quelque chose à sa rage échapper.

Tant qu'elle entend ses cris, elle dit: « Bagatelle!
Son mal est bien léger, puisqu'il n'en peut mourir! »
Et lorsque sous les coups il expire : « Ah! fait-elle,
Que je suis malheureuse, il ne peut plus souffrir! »

L'HEURE.

L'heure est un coursier d'allure maudite,
Qui nous fait toujours souffrir de son pas :
Pendant le malheur, en n'avançant pas,
Pendant le bonheur, en marchant trop vite.

L'USAGE.

ORAISON FUNÈBRE.

A mon avis l'on est bien sot
De vouloir sortir de l'ornière !
Pour modèle prenons plutôt
L'homme qui dort sous cette pierre !

Sublime exemple à rappeler,
Sa vie offre ce témoignage
Que l'on doit toujours se régler
Selon l'usage.

Dès son enfance il fut cité
Pour cent qualités exemplaires.
En preuve de sa probité,
Il n'alla jamais aux galères.
Pour le pauvre il fut bienfaisant
Quand il y vit son avantage;
Et pour le riche complaisant,
Selon l'usage.

A l'Académie il laissait
Discuter les mots et les rimes;
De la Mode reconnaissait
Tous les arrêts pour légitimes.

Aux caprices du goût nouveau
Toujours conformant son plumage,
Il ne doutait point d'être beau,
Selon l'usage.

Il se moquait des curieux
Et jugeait dignes de Bicêtre
Ces gens qui regardent les cieux,
Lorsque sur la terre on peut paître!
Sans demander après la mort
Dans quel pays l'âme voyage,
Ici-bas il se plaisait fort,
Selon l'usage.

Mais nul mieux que lui ne connut
Selon quelle forme prescrite
On doit acquitter le tribut
D'un compliment, d'une visite.

Nul homme ne sut mieux comment
Il faut allonger son visage
Pour aller à l'enterrement
Selon l'usage.

Étant jeune, il fut amoureux,
Trompa trois ou quatre fillettes,
Et des compagnons dangereux
Lui firent contracter des dettes.
Mais, pour se tirer d'embarras,
Il épousa, devenant sage,
Une femme qu'il n'aimait pas,
Selon l'usage.

A la lecture des journaux
S'enflammait son patriotisme :
Criant fort pour les libéraux,
Il se croyait de l'héroïsme ;

Mais lorsque les tambours battants
Firent appel à son courage,
Il répondit : « J'ai des enfants ! »
Selon l'usage.

Il avait des rentes, ma foi !
Et, bien qu'il fût propriétaire,
Occupait un modeste emploi,
Car on s'ennuie à ne rien faire ;
Mais, pour laisser son traitement
A ceux dont il prenait l'ouvrage,
Il n'y songeait aucunement,
Selon l'usage.

Il gourmandait les fainéants,
Aux ivrognes faisait la guerre,
Mais, pour enrichir les marchands,
N'en buvait pas moins à plein verre.

Le pays devant profiter
Des dépenses de son ménage,
Il aimait à se bien traiter,
Selon l'usage.

Il est mort, devinez comment!
Ce n'est pas un bien grand mystère :
Du seul coup d'un médicament
Un docteur l'envoya sous terre.
Déjà loin de sa tombe ont fui
Ceux qui croquent son héritage :
C'est ainsi que tout fut pour lui
Selon l'usage!

VIEUX DANGERS.

A Constant Caron.

Comme la mer est haute et le temps sans nuage,
Nous voguons près du bord sans craindre les récifs,
Et les âpres contours d'un sinueux rivage
Attirent les regards des passagers oisifs.

Attristant le ciel bleu de leur décrépitude,
Les vieux rocs, insultés par les flots bondissants,
Semblent des mendiants qui, par leur attitude,
Sollicitent, muets, la pitié des passants.

Moisis, visqueux, percés de trous comme une éponge,
Leurs tranchants ébréchés par l'âge sont pourris,
Et l'on ne comprend point que la vague prolonge
Le combat qu'elle livre à d'impuissants débris.

Sur les rives du temps où fuit la race humaine,
Nous rencontrons ainsi d'antiques Préjugés
Qui, mendiant des pleurs pour leur chute prochaine,
Se penchent tristement, par les siècles rongés.

Cependant du Progrès la vague qui bouillonne
Les assaille toujours d'épouvantables bonds !
Et plus d'un passager, que tant de rage étonne,
Dit : « Ne peut-on laisser en paix ces moribonds? »

O voyageurs naïfs! ce granit est moins tendre
Que vos cœurs, sur son sort prompts à s'apitoyer.
Puisse votre navire un jour ne pas apprendre
Comme ces vieilles dents savent encor broyer!

TROP BEAU JOUR!

La cité se promène au mois d'avril nouveau;
Au-dessus des passants les marronniers verdissent,
Et les lions d'airain lancent de fiers jets d'eau
De leurs gueules qui resplendissent.

L'air est tout embaumé par les premières fleurs ;
Comme un fleuve ondulant, les ombrelles légères
Circulent, abritant, sous leurs tendres couleurs,
Les filles au bras de leurs mères.

Arbres, lions d'airain crachant pour éblouir,
Heureuse jeune fille en ce jour promenée :
Que d'êtres ici-bas peuvent se réjouir
D'une facile destinée !

Le printemps met des fleurs sur l'arbre insoucieux ;
Les monstres jaillissants brillent sans autre peine
Que de raidir leur tête au soleil radieux
Sur les degrés de la fontaine ;

Et ces filles, aux teints de fraîcheur insultants,
Quel prix leur a coûté de devenir si belles ?
Elles ont attendu que leurs joyeux vingt ans
Jetassent leur clarté sur elles !

Hélas, de ce bonheur qui sur tant d'objets luit,
Les destins ont rendu moins douce la conquête
A l'Artiste, qui seul, comme un oiseau de nuit,
Par ce beau temps baisse la tête!

L'auréole qui sied à son front souverain,
Ce n'est ni le printemps ni l'âge qui la donne :
C'est lui-même qui doit, en s'écorchant la main,
Se tailler dans l'or sa couronne.

Lui-même il doit, prenant pour enclume son cœur,
Forger chaque rayon de son beau diadème,
Et la souffrance, hélas! épuise sa vigueur,
Et son visage devient blême.

De sa pensée en vain connaît-il les trésors;
Tant qu'il garde son œuvre inachevé dans l'ombre,
Tous les soleils d'avril peuvent luire au dehors
Sans éclairer son âme sombre.

Et c'est pourquoi, marchant solitaire et pensif,
Dans la gaîté des fleurs, des femmes, des statues,
Il se sent indigné de ce bonheur passif
Qui s'épanouit dans les rues!

A LA VIERGE MARIE.

O Vierge, quand je pouvais croire,
Et qu'à toi s'adressaient mes vœux,
Dans quelle auréole de gloire
La foi te plaçait à mes yeux !

De l'or dont le soleil rayonne
Étaient tissus tes vêtements,
Et tu portais une couronne
Pour régner sur les éléments.

A tes paroles souveraines
S'apaisait la fureur des eaux :
Tu tenais les puissantes chaînes
Qui menaient au port les vaisseaux.

On confiait à ta défense
La promesse des champs féconds,
Des jeunes vierges l'innocence,
Et le salut des moribonds.

Les mères, qu'agite la crainte,
Pour leurs enfants ne tremblaient plus,
Quand des lis de ta robe sainte
Leur soin les avait revêtus.

Tu n'étais point le sombre juge
Qui punit d'enfer le péché,
Et le crime d'aucun déluge
Ne te fut jamais reproché ;

Mais, vers le Dieu qui se courrouce
Tendant tes innocentes mains,
Tu rendais sa force plus douce
A la faiblesse des humains.

Sans avoir besoin du tonnerre
Pour faire honorer tes autels,
Tu laissais ta bonté de mère
T'attirer tous les cœurs mortels.

Aussi, couraient-ils, dans leurs peines,
A tes temples consolateurs,
Comme on court à l'eau des fontaines,
Comme on court au parfum des fleurs !

Toujours vers nos maux inclinée,
Nous souriait du haut du ciel
La grâce dont t'avait ornée
Ici-bas notre Raphaël :

Et, chef-d'œuvre d'un art mystique,
Ta splendeur, faite de bonté,
Surpassait l'idéal antique
Par la Vénus représenté !

Hélas ! que n'es-tu plus réelle
Que la fille des anciens dieux !
Pourquoi disparais-tu comme elle,
O la Vénus des malheureux ?

Toute idole, riante ou sombre,
Du piédestal tombe à son tour :
Pour les plus doux astres de l'ombre,
La science a fait trop de jour.

Elle a dissipé le royaume
Où trônait ton fils l'Homme-Dieu ;
Et tu n'es plus qu'un beau fantôme
Auquel j'ai déjà dit adieu !

Mais, étoile de mon aurore,
A mes larmes juge combien
Je t'aimais, quand je t'aime encore,
Maintenant que tu n'es plus rien !

TABLE

5441 — Paris, imprimerie JOUAUST, rue Saint-Honoré, 338.

PRINCIPALES PUBLICATIONS

D'Alphonse Lemerre, libraire, 47, passage Choiseul.

PAUL ET VIRGINIE. 1 vol. in-4. orné de 170 dessins par H. DE LA CHARLERIE; richement relié. 60 »

LA PLÉIADE FRANÇOISE, avec notes et glossaire par Ch. MARTY-LAVEAUX : RONSARD, DU BELLAY, BELLEAU, JODELLE, BAÏF, DORAT et PONTUS DE TYARD. 15 volumes in-8, imprimés par Jouaust. Chaque volume . . . . 25 »

Les trois premiers volumes sont en vente.

RABELAIS (Œuvres complètes, avec glossaire). 5 volumes in-8. Chaque volume (*sous presse*) . . . . . 10 »

COLLECTION de gravures à l'eau-forte, par BRACQUEMOND, pour illustrer *Rabelais*. . . . . » »

HOMÈRE. Traduction de LECONTE DE LISLE. 2 vol. in-8 . . . . 15 »

LAFONTAINE. Fables. 2 vol. elzeviriens pet. in-12. . . . . 7 »

LAFONTAINE. Contes. (*Sous presse.*)

FERRY JULYOT. *Les Élégies de la belle fille lamentant sa virginité perdue*, avec une introduction et des notes par E. COURBET. 1 vol. in-12 écu, papier de Hollande . . . . . 5 »

L'ISLE D'ALCINE, par REGNARD, publiée d'après le manuscrit de la Bibliothèque de l'Arsenal. 1 vol. in-32, papier de Hollande . . . . . . 2 »

LETTRES INÉDITES DE DIANNE DE POYTIERS, publiées par G. GUIFFREY. Beau volume in-8, imprimé par Perrin. . . . . . . 30 »

PROCÈS CRIMINEL DE JEHAN DE POYTIERS, seigneur de Saint-Vallier; publié pour la première fois par Georges GUIFFREY. 1 beau vol. in-8, imprimé par Claye. . 30 »

LE LIVRE DE JADE, par JUDITH WALTER. 1 vol. in-8. . . . . 6 »

POEMES EN PROSE, par LOUIS DE LYVRON. 1 vol. in-8. . . 6 »

FUSAINS, par le même. 1 vol. in-8. . . . . 3 50

PALUSTRE DE MONTIFAUT. *De Paris à Sybaris*. 1 vol. in-8 . . 7 50

LE PARNASSE CONTEMPORAIN (1866). 1 vol. gr. in-8. . . . 8 »

POETES CONTEMPORAINS : AICARD — ALAUX — DE BANVILLE — BERTRAND — BOYER — CAZALIS — DE CHABRE — COPPÉE — DIERX — E. GRENIER — Louise D'ISOLE — JOLIET — JACQUEMIN — LAURENT-PICHAT — DE RICARD — SULLY PRUDHOMME — THEURIET — VERLAINE — 19 volumes in-18. Chaque volume. . . . . 3 »

E. DACLIN. *L'École buissonnière*. 1 vol. in-18. . . . . 2 »

CATULLE MENDÈS. *Histoires d'amour*. 1 vol. in-18. . . . . . 3 »

P. NOLÉ. Réfutation de *Force et Matière*. In-12. 3 »

Etc., etc.

Paris, imprimerie Jouaust, rue Saint-Honoré, 338.

www.ingramcontent.com/pod-product-compliance
Ingram Content Group UK Ltd.
Pitfield, Milton Keynes, MK11 3LW, UK
UKHW020228220726
13923UKWH00002B/567

9 782019 688608